这本书属于：

. . . .

图书在版编目(CIP)数据

谢谢你,熊猫先生 / (英)史蒂夫·安东尼著绘;
李香丽译. -- 北京:中信出版社,2018.2(2019.12重印)
书名原文:Thank You, Mr Panda
ISBN 978-7-5086-7901-3

Ⅰ.①谢… Ⅱ.①史…②李… Ⅲ.①儿童故事 – 图
画故事 – 英国 – 现代 Ⅳ.① I561.85

中国版本图书馆 CIP 数据核字(2017)第 175009 号

Thank You, Mr Panda

First published in Great Britain in 2017 by Hodder Children's Books, an imprint of Hachette Children's Group
part of Hodder & Stoughton

Copyright © Steve Antony 2017

The rights of Steve Antony to be identified as the author and illustrator of this Work has been asserted by
him in accordance with the Copyright, Designs and Patents Act 1988.

Chinese simplified translation copyright © 2018 by CITIC Press Corporation

谢谢你,熊猫先生

著 绘 者:[英]史蒂夫·安东尼
译   者:李香丽
出版发行:中信出版集团股份有限公司
     (北京市朝阳区惠新东街甲 4 号富盛大厦 2 座 邮编 100029)
承 印 者:北京利丰雅高长城印刷有限公司

开 本:889mm×1194mm 1/12   印 张:2.5   字 数:20 千字
版 次:2018 年 2 月第 1 版   印 次:2019 年 12 月第 8 次印刷
京权图字:01-2017-4957   广告经营许可证:京朝工商广字第 8087 号
书 号:ISBN 978-7-5086-7901-3
定 价:22.00 元

谢谢你，熊猫先生

[英] 史蒂夫·安东尼 著绘　李香丽 译

中信出版集团·北京

熊猫先生，

这些礼物是给谁的呀？

我的朋友们。

这是给小老鼠的。

是给我的吗，
熊猫先生？

心意才是最重要的。

不过，这太大啦。

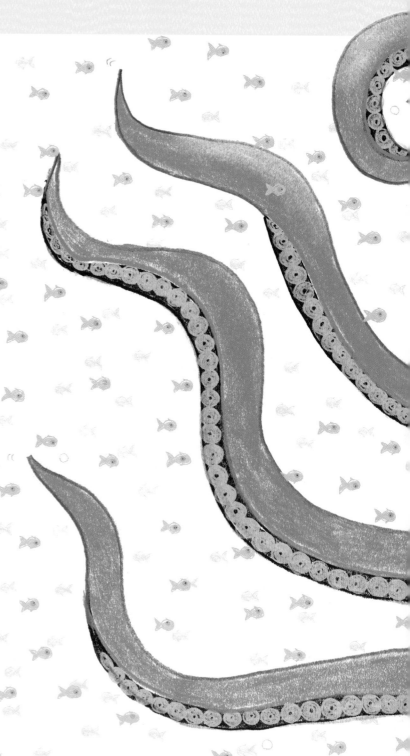

这是给
八爪鱼的。

这是给我的礼物吗，
熊猫先生？

可是我有 8 条腿啊。

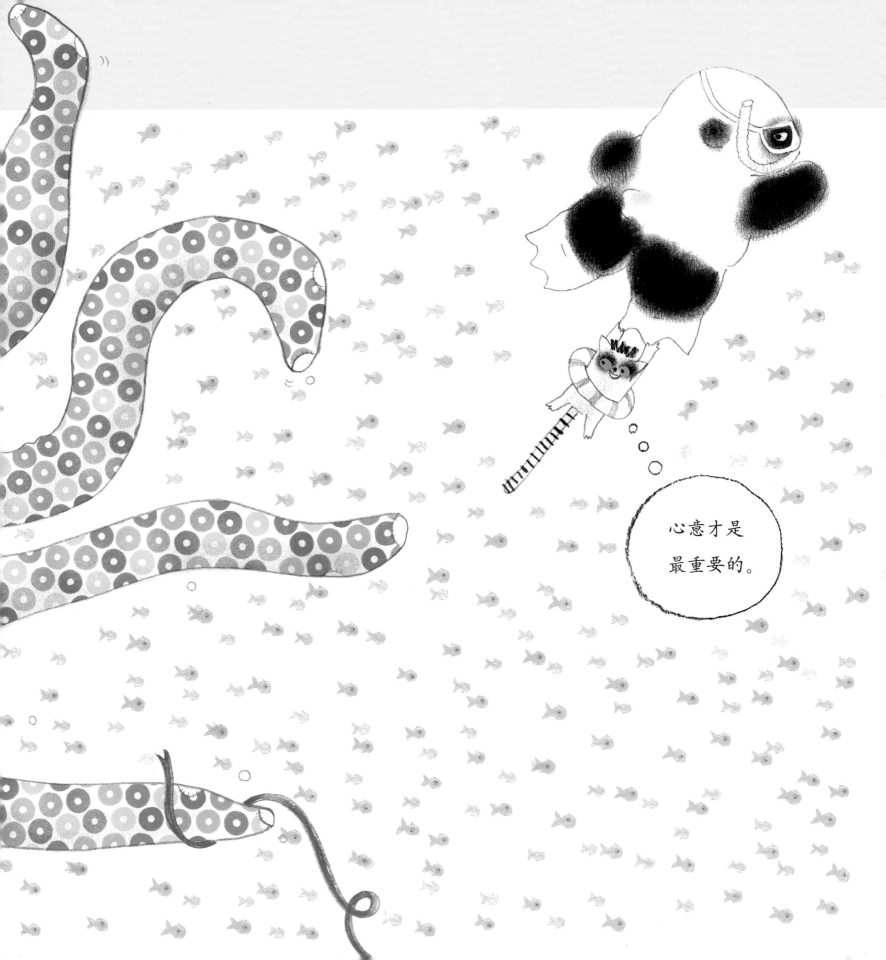

心意才是
最重要的。

这是给大象的。

我过一会儿再打开。

还有这个，是给山羊的。

我也有份哪，熊猫先生？

不过，这是不是太重啦？

心意才是最重要的。

最后一个礼物是给谁的呀，
熊猫先生？

是给你的。

谢谢你，
熊猫先生。

惊喜！

不客气。不过，你知道的……

心意才是最重要的。